R. Em. BOUTINEAU

Vice-Président de la Société Française d'Histoire de la Médecine
Membre de la Société Archéologique de Touraine

MÉMOIRES
de Chirurgiens
de Touraine

XVIe XVIIe et XVIIIe siècles

TOURS
IMPRIMERIE PAUL SALMON
10, rue Gambetta, 10

1905

T[s]
193

MÉMOIRES DE CHIRURGIENS

DE TOURAINE

XVIe, XVIIe et XVIIIe Siècles

DU MÊME AUTEUR :

Un Trait de mœurs chirurgicales au XVIe siècle. — Tours, Imp. Tourangelle, 1899, in-8°, 7 pages.

Un Mémoire d'Apothicaire de Tours, XVIe siècle. — Tours, Imp. Tourangelle, 1900, in-8°, 10 pages.

Documents pour servir à l'Histoire de la Chirurgie en Touraine : Ordonnances, Statuts et Règlements, 1408-1701. — Tours, Imp. Tourangelle, 1900, in-8°, 24 pages.

Les Triumphes et Magnificences faites à l'entrée de Monseigneur, filz de France, et frère unicque du Roy, en sa ville de Tours le vingt-huictième jour d'aoust MDLXXVI, etc., par Nic. de Nancel. Nouv. édit. — Tours, Imp. Deslis, 1902, in-4°, 39 pages.

Les Apothicaires Tourangeaux au XVe siècle. — Tours, 1902, in-4°, 31 pages.

Mœurs médicales en Touraine. (Extrait du *Bulletin de la Soc. fr. d'hist. de la Médecine*), 1902, in-8°, 17 pages.

Mœurs médicales en Touraine : « Un chirurgien royal juré ». (Extrait du *Bulletin de la Soc. fr. d'hist. de la Medecine*), 1903, in-8°, 16 pages.

Les Examens d'un Barbier-Chirurgien de Tours au XVIIe siècle, 1616-1620. — Dijon, Imp. Jacquot et Floret, 1904, 23 pages.

La Vie privée d'un maître Chirurgien de Tours au XVIIIe siècle « Jacques Perdereau ». — Tours, Imp. Tourangelle, 1904, in-8°, 24 pages.

Notices sur la Vie et les Œuvres de Martin Grégoire, médecin à Tours au XVIe siècle. — Tours, Imp. Tourangelle, 1904, in-8°, 35 pages.

Monitoire fulminé contre un Me Chirurgien, XVIIe siècle. — Tours, Imp. Tourangelle, 1904, in-8°, 16 pages.

Certificats Médicaux de Touraine, XVIe siècle. — Tours, Imp. Paul Salmon, 1905, in-8°, 19 pages.

Certificats d'Apprentissage d'Apothicaire, XVIe Siècle. — Tours, Imp. Paul Salmon, 1905, in-8°, 3 pages.

Vases de Pharmacie, XVIIe Siècle. — Tours, Imp. Paul Salmon, 1905, in-8°, 12 pages.

F.-Em. BOUTINEAU

Vice-Président de la Société Française d'Histoire de la Médecine
Membre de la Société Archéologique de Touraine

MÉMOIRES de Chirurgiens

de Touraine

XVIᵉ, XVIIᵉ et XVIIIᵉ Siècles

TOURS

IMPRIMERIE PAUL SALMON

10, RUE GAMBETTA, 10

—

1905

Extrait du *Bulletin de la Société Pharmaceutique d'Indre-et-Loire*

DOCUMENTS
POUR SERVIR A L'HISTOIRE DE LA MÉDECINE

MÉMOIRES DE CHIRURGIENS DE TOURAINE
XVIe et XVIIIe siècles
Par F. Em. BOUTINEAU

On aurait bien étonné les modestes chirurgiens-barbiers, dont nous allons reproduire les Mémoires, « *les Parties* » comme on disait au XVIe siècle, si on leur avait dit qu'un jour viendrait où la Chirurgie, qu'ils exerçaient sous les apparences d'un métier d'artisan, pourrait prendre une revanche éclatante, sur les orgueilleuses facultés de médecine, dont les docteurs n'avaient, à leur égard, que le mépris le plus profond.

RÉDUCTION D'UNE FRACTURE
(Extrait du frontispice de la *Chirurgie française* de I. Guillemeau. Paris, N. Gilles, 1594.)

Beaucoup de nos contemporains hésitent encore à croire, à cette monstrueuse iniquité: que la médecine proprement dite, ait pu tenir, sous un joug de fer pendant quatre siècles, une sœur, *elle disait une fille : la chair de sa chair!* et qu'elle ait pris à tâche, au prix des plus grandes luttes, de la réduire à une ignorance calculée pour servir une vanité sociale, aussi ridicule et malveillante qu'inhumaine.

Rien pourtant n'est plus vrai !

Les gens lettrés, qui ont lu les lettres de Guy Patin, ont souri, sans trop comprendre, quand ils arrivaient aux nombreux passages où le satyrique médecin traitait d'ennemis ceux qu'il appelait « laquais bottés », et auxquels il fit une guerre judiciaire si ardente, pendant presque toute sa vie médicale.

A propos d'honoraires de chirurgiens, ce que nous venons d'écrire peut paraître un hors d'œuvre, nous avons cependant cru utile cette petite introduction, pour justifier l'infériorité littéraire et scientifique des chirurgiens du XVIe due à l'implacable hostilité des médecins, qui ne voulaient voir en ces rivaux (nous n'osons dire confrères) que leurs humbles serviteurs.

Le proverbe : « Tout vient à point à qui sait attendre » ne trouve meilleure application, que dans le monde des chercheurs de l'histoire.

Il y a une douzaine d'années, nous trouvâmes dans un lot de vieux papiers, loques sordides échouées chez un marchand de chiffons, entre autres documents intéressants, deux mémoires de Pierre Bobierre, Me chirurgien à Tours, ils portent les dates de 1791 à 1799, c'est-à-dire exactement la fin du XVIIIe siècle. Après avoir savouré, comme il convient cette précieuse trouvaille, nous rêvions souvent la bonne fortune de mettre la main, sur de pareilles pièces datées de siècles antérieurs.

Les recherches de ce genre ont ce côté imprévu qu'il faut attendre tout du hasard ; en voici une des meilleures preuves. Nous avons analysé, il y a de cela de longues années, le maigre dossier médical tourangeau que la tourmente révolutionnaire avait épargné ; et nous restions sans espoir de le voir s'accroître, lorsqu'il y a quelques semaines, M. Boutillier du Retail, archiviste paléographe, venu à Tours pour y classer aux Archives départementales les Archives de l'Hôtel-Dieu d'Amboise, nous signala quatre curieux mémoires du XVIe siècle que nous publions aujourd'hui ; nous le prions de recevoir ici toute l'expression de notre vive reconnaissance.

Cette publication comprend donc cinq mémoires que nous allons présenter dans l'ordre chronologique :

I. Mémoire de Nicolas Normandean, 1560.
II. Mémoire de Cosme Normandeau, 1562.
III. Mémoire de Pierre Ruau, 1588.
IV. Mémoire de Phelipes Giraudy, 1628.
V. Mémoire de Pierre Bobierre, 1791-1794.

La différence de deux siècles entre les quatre premières pièces et la cinquième présente quelqu'intérêt.

Il y aura peut-être quelqu'utilité à faire précéder cette publication de brèves considérations sur le service hospitalier et en particulier sur celui d'Amboise, puisque les quatre premiers mémoires ont pour objet de pauvres diables, qui y avaient été hospitalisés.

Amboise était une des petites villes les plus favorisées du royaume de France ; les différents séjours des rois et de leurs cours ; ont contribué, avec son heureuse situation sur le bord de la Loire, à en faire une charmante cité. Il est à croire que ville royale, elle avait profité avant bien d'autres des changements administratifs, qu'amènent toujours la civilisation et le progrès aussi lents qu'ils puissent être. Aussi peut-on dire presqu'avec certitude que son modeste Hôtel-Dieu avait dû profiter des largesses royales, à une époque où on se sanctifiait en donnant son bien aux pauvres.

Nous ne connaissons pas encore le mode de fonctionnement ni les ressources et les revenus de cet asile de la souffrance, ce qui d'ailleurs n'intéresse que particiellement notre sujet, et cependant il nous faut esquisser quelques traits généraux sur l'hospitalité en France, que nous pourrons appliquer à l'Hôtel-Dieu d'Amboise.

On estime que ces établissements qui remontent à une date encore incertaine et que cependant certains auteurs croient pouvoir fixer au ive siècle, se multiplièrent à partir du xie. Il y eut à cette époque un élan de charité qui entraîna les rois, les seigneurs et même les bourgeois à faire des largesses pour les Maisons-Dieu. Beaucoup de gens même abandonnaient leur fortune, en mourant, aux pauvres malades. Les legs, les biens de toutes sortes qui leur étaient destinés, étaient administrés par les soins de l'Eglise, qui désignait sous le nom d'Aulmosnier, *Eleemosynarius*, celui qui en avait la direction et l'emploi ; de là le nom d'Aulmosnes qu'on donnait à ces établissements de charité.

Le clergé avait donc la toute puissance sur la gestion de ces biens ; gestion sur laquelle ne s'exerçait aucun contrôle de l'Etat ; commit-il quelques irrégularités dans le libre emploi des fonds dont il disposait ?..... Toujours est-il qu'en 1544, par des ordonnances pressantes, François Ier décida que l'administration du bien des pauvres, serait effectuée par des laïques, choisis parmi les maire, échevins et notables bourgeois, sous le contrôle des gens du roi. C'est ainsi que nous allons voir dans ces mémoires de chirurgiens d'Amboise, figurer le bailli, le procureur du roi et les commissaires qui n'étaient autres que les administrateurs.

Dans une ville d'une certaine importance, comme Tours par exemple (nous sommes toujours au xvie siècle), le Bureau ainsi qu'était désignée la réunion des administrateurs, faisait un marché avec un chirurgien, ayant boutique ouverte dans la ville, pour les soins à donner aux malades et, à cet effet, il lui était donné des gages ; on dit aujourd'hui des honoraires. Nous citerons comme preuve le chirurgien-barbier Simon Salmon qui soignait les malades de l'Hôtel-Dieu de cette même ville.

A maistre Symion Salmon, cirurgien, la somme de quarante six escuz deux tiers pour deux années. XLVI escuz XI sols. (1)

Nous n'avons pas encore eu le loisir d'étudier cette question pour l'Hôtel-Dieu d'Amboise, mais il est certain, qu'au

---

(1) E. Giraudet, Hist. de l'assistance publique de Tours, *in Bull. Soc. Arch. de Touraine*, t. II, p. 153.

moins à la fin du xvii° siècle, il y avait un chirurgien à gagés, car nous trouvons dans l'Inventaire des archives communales d'Amboise, à l'année 1682 (1), les renseignements suivants :

F° 34 et suivant. — Querelles municipales au sujet du renvoi du chirurgien de l'Hôtel-Dieu par les échevins, contre l'avis du maire, et de son remplacement par un autre chirurgien, avec exemption du logement des gens de guerre.

F° 37. — René Sejot, le chirurgien exclus, est rétabli dans ses fonctions.

F° 38. — Son concurrent, Jacques Peschard, lui est adjoint par M. d'Escoubleau, à titre provisoire, et l'affaire est renvoyée au Conseil de Sa Majesté.

On remarquera que les prix de deux des mémoires que nous publions, ont été diminués dans une très large mesure par le procureur du Roy. Il est probable que les intéressés y étaient habitués et qu'ils élevaient leurs prix, en prévision de la diminution habituelle. Après tout ce n'est qu'une question d'optique morale.

Ils nous reste à parler de ce que nous trouverions étrange au xx° siècle : la fourniture des médicaments par les chirurgiens.

Autre temps, autres mœurs ; c'est bien le cas de le dire pour ces malheureux praticiens. Jusque vers la fin du xviii° siècle, ils étaient beaucoup trop nombreux en France, la ville de Tours en comptait 23, vers 1750.

A Amboise, dans ce xvi° siècle dont nous nous occupons en ce moment, ils étaient au moins trois, puisque nous avons un mémoire de chacun d'eux. Ils n'avaient pas le droit bien entendu d'exercer la médecine interne, du reste l'apprentissage qu'ils faisaient chez les maîtres et les matières de leurs examens de réception, que nous connaissons, ne les y préparaient pas ; d'ailleurs à ces examens assistait un médecin, qui n'avait d'autre motif de présence que de s'assurer qu'on ne touchait, sur aucun point, à la médecine proprement dite.

Cependant il fallait arriver à pouvoir vivre ; les chirurgiens avaient alors la ressource quotidienne de *faire la barbe et le poil*, et

---

(1) C. Chevalier, Inv. arch. communales d'Amboise, BB, 21, p. 116.

bien que cela paraisse très étonnant cette pratique dura jusqu'à la veille de la Révolution. Nous avons montré par la publication de l'Inventaire du Mᶜ chirurgien Jacques Perdereau (1), en date du 4 novembre 1744, qu'il possédait dans sa boutique tous les instruments nécessaires à raser et à accommoder les cheveux. Depuis, nous avons trouvé d'autres inventaires d'une époque postérieure, qui ne laissent aucun doute sur l'exercice simultané de la barberie et de la chirurgie.

Quant aux médicaments, ils apportaient aussi leur appui au *modus vivendi*. Les chirurgiens avaient le droit de les préparer et de les fournir, mais à leur clientèle seulement. Ils ne devaient comprendre que des préparations pour l'usage externe. Poussés par le besoin, l'âpreté de leur vie, souvent misérable on peut croire qu'ils faisaient des incursions fréquentes dans les domaines voisins : la médecine et la pharmacie. Nombreux étaient les procès entre apothicaires et chirurgiens, mais comme les premiers ne se faisaient pas faute d'user de réciprocité, pour les soins et médicaments chirurgicaux, la justice, dans sa sagesse, les renvoyait généralement dos à dos, en leur partageant les frais, répétant toujours avec la même sérénité, que les chirurgiens avaient le droit de traiter les tumeurs, plaies, ulcères, fractures, luxations et d'avoir chez eux cautères, emplâtres, onguents, liniments, baumes, sans toutefois qu'ils les puissent vendre ni débiter autrement.

Quant aux apothicaires, il leur était défendu d'entreprendre sur la chirurgie, mais ils avaient le droit de vendre et débiter les remèdes tant internes qu'externes, *mesme ceux permis aux chirurgiens*.

NOTES ET ÉCLAIRCISSEMENTS

1. — La chirurgie était autrefois comprise dans les corporations d'arts et métiers. Au moyen-âge, chacune d'elles avait

(1) F. Em. Boutineau, La vie privée d'un chirurgien au XVIIIᵉ siècle, *in Gazette médicale du Centre*, 15 mai 1904, et tirage à part (Tours, imp. Tourangelle, 1904, in-8°).

auprès de l'autorité royale, un représentant qu'on nommait *maistre du mestier,* qui avait la charge de surveiller, par tout ce qui était la France, les intérêts moraux et matériels de sa corporation — le mot Corporation est d'origine récente — on a dit Corps de métier et plus tard Communauté.

Mais pour les Barbiers, qu'on appela plus tard Chirurgiens, Charles V avait institué dans cette fonction son premier Barbier, avec pouvoir de se faire représenter par un lieutenant dans chacune des villes du royaume. Ce premier barbier n'était pas; comme on l'a cru longtemps, celui qui faisait la barbe du Roy, ce n'était même pas son premier chirurgien, mais un des chirurgiens ordinaires de la suite du monarque. Cette fonction toute administrative, puisqu'il s'agissait de correspondre avec environ quatre cents lieutenants, ne devait pas être une sinécure ; ceux-ci étaient nommés par lui sur la présentation que faisait chaque Corps de ville (on dirait aujourd'hui municipalité) de deux ou trois praticiens.

Le lieutenant était chargé de surveiller l'exécution des règlements avec les jurés de la communauté. qui n'étaient élus que pour deux ans. Il représentait cette dernière vis-à-vis des pouvoirs publics et dans toutes les cérémonies il occupait le premier rang ; il recevait le serment des nouveaux maîtres et signait, au nom de premier Barbier du Roy, les lettres de maîtrise. Cette fonction était rétribuée par les quelques écus que versaient les candidats et que le lieutenant partageait avec son supérieur.

Le premier Barbier, sous Louis XIV. disparut pour faire place au premier Chirurgien du Roy. Félix Tassy en fut le premier titulaire, mais, à la fin du XVIIe siècle, à l'époque de la vénalité des charges, il fut créé des charges de Chirurgiens Jurés royaux, achetées à beaux deniers comptants, et les lieutenants disparurent (1692); cette nouvelle forme administrative de la chirurgie, ne donna pas de résultats satisfaisants, car en 1723, les lieutenances du premier chirurgien du roi furent rétablies.

2. — Le fermier était un quidam quelconque qui prenait à ses risques et périls les fournitures de l'hôpital. C'est un

système financier qui a longtemps prévalu en France. Les fermes et gabelles qui ont enrichi, au xviiie siècle, tant de spéculateurs, en sont une preuve manifeste. De nos jours encore l'Etat semble préférer, et quelquefois avec raison, l'initiative particulière, à la routine et l'inertie administrative; ce système a du bon, mais à la condition toutefois que le personnel du contrôle l'exerce avec sévérité et compétence.

3. — Cette naïve phrase peut se traduire ainsi : Au nom du Christ, Dieu de charité vous devez me payer mon salaire ! Si vous ne me payez pas, j'abandonne le malade à son malheureux sort ; ma conscience est à l'abri et c'est vous qui serez responsable devant Dieu !!!

4. — Pour appareils ; c'est-à-dire le premier pansement.

5. — Défensifs. — Dans l'ancienne méthode chirurgicale, c'était le premier point. Il s'agissait d'éviter la gangrène possible. C'était d'ailleurs l'équivalent du précepte d'Hippocrate *primo non nocere*.

D'après Ambroise Paré (Œuvres, Paris, Bacon, 1585, page CCCCLXXXV), au chapitre de la cure particulière de la gangrène ; on appliquait comme préventif un cataplasme mou, de la composition suivante : Farine de fèves, d'orge, d'orobe de lentilles, de lupin, du sel, miel rosat, suc d'absinthe, marrube, aloës, mastic, myrrhe et eau-de-vie.

6. — Restrainctif ; veut dire un agent qui empêche la sortie du sang. Guy de Chauliac, l'éminent chirurgien du moyen-âge, 1363, dans sa Grande Chirurgie rééditée par Laurent Joubert (*Rouen, Romain de Beauvais, 1625, p. 251*) nous apprend que le grand maître arabe Avicenne donnait huit moyens d'étancher le flux de sang, mais que lui les a réduits à cinq, dont les trois principaux sont :

Couture par mèche et totale incision ;

Ligature de la veine ;

Adjonction.

Sur lesquelles on applique de la poudre restrainctive et refrigérante.

De cette poudre on connaissait trois formules de Galien :

1º Encens, aloës, poils de lièvre très mollets, albumine quantité suffisante pour arriver à la consistance de miel.

2º Bol d'Arménie, sang-dragon, encens, aloës. — Cette formule s'appliquait à l'état pulvérulent.

3º Cette autre, avait pour auteurs Rhazis et Abulcazis ; elle était composée de chaux vive, sang dragon, plâtre, aloës, encens et vitriol par égales parties, avec du blanc d'œuf et de la toile d'araignée.

7. — Digestif. C'était un onguent liquide ou un liniment qui préparait la matière des plaies à la suppuration. Il était ordinairement composé de térébenthine, jaune d'œufs, huile d'hypéricum, onguent basilicum et teinture d'aloès.

8. — Abstersif. — D'après Ambroise Paré ; veut dire propre à nettoyer une plaie sans érosion. — « Une plaie d'autant « qu'elle est sordide demande abstersion » (Amb. Paré VIII-15). D'après Lemery, Pharm. universelle, Paris, d'Houry, 1716, p. 24, les meilleurs médicaments pour l'abstertion sont : aigremoine, véronique et autres herbes vulnéraires.

Ambroise Paré donne, dans son Chap. XIV, une autre définition : médicament abstersif ou mondificatif est celuy qui par une tenuité de substance accompagnée de siccité nettoye et purge un ulcère de deux sortes d'excrémens, desquels l'un est gros et espais appelé sordes, vulgairement boue, qui est tiré du profond des ulcères au dehors. L'autre est subtil et aqueux, appelé des Grecs Schor, lequel est desséché par la siccité du mondificatif (onguent m.).

9. — La recette du chirurgien Cosme Normandeau ne doit pas être considérée comme une ordonnance magistrale, elle n'est qu'une copie défectueuse de ce qu'on appelle de nos jours formule officinale.

A notre grand regret, nous n'avons pu l'identifier et pourtant, à défaut de nos propres lumières, nous avons réclamé celles de notre éminent ami le Dr P. Dorveaux, le maître en la matière.

Ce que nous pouvons dire, c'est que cette formule participe de deux origines : Unguentum de apio et unguentum mundificativum.

On ne comprend pas aujourd'hui le grand intérêt que nos ancêtres attachaient aux minuties de la thérapeutique, les efforts des maîtres de l'art tendaient toujours à perfectionner une formule , qu'elle provint des Grecs ou des Arabes.

En voici une preuve des plus concluantes que nous choisissons dans la *Pharmacopée de Bauderon* (1). Cet ouvrage nous donne, sous le nom d'Unguentum mundificativum et resina de Joubert, une préparation à peu près semblable à celle de Normandeau. Le miel rosat est remplacé par l'huile rosat et le miel, les farines d'orge et de fève par celles de fenugrec et de lin.

Eh bien ! l'apothicaire Verny la trouvait insuffisante et résolut de la modifier. Il y fit entrer à l'état de décoction ou mieux d'extrait, dix-neuf plantes médicinales, parmi lesquelles nous citerons : ache, absinthe, consoude, aigremoine, millepertuis, pimprenelle, etc., etc.

L'introduction à cette mémorable préparation mérite d'être reproduite, nous le faisons d'autant plus volontiers qu'elle n'est pas trop longue, contrairement aux habitudes de cet auteur.

« D'autant que M. Bauderon n'avait inséré aucune descrip-
« tion de son onguent dans son livre, et sçachant la grande
« utilité d'un mondif [icatif] de cette sorte, usité avec heu-
« reux succez par les chirurgiens de la ville de Lyon, j'en ai
« bien voulu gratifier le public et relever de peine et de
« perplexité les apothicaires et chirurgiens qui ne sçavaient
« ou recourir pour s'assurer d'une fidèle préparation d'ice-
« luy. Ce que j'ai fait sur l'advis et prière que j'en ai reçeu
« de leur part et principalement d'un de mes amis fort versé
« en la pharmacie. »

Cela s'écrivait au XVIIe siècle et dans la seconde moitié ; presque à l'époque où venait de paraître le premier Codex medicamentarius (1638).

Il ne faudrait pas croire qu'au XVIe siècle les pharmacopées et surtout les ouvrages techniques de chirurgie fussent ré-

(1) *Pharm. de Bauderon*, éditée par François Verny, Me apoticaire, Lyon, B. Rivière, 1663.

pandus, ils étaient d'une excessive rareté, parce qu'ils coûtaient relativement très cher.

Les énormes volumes d'Ambroise Paré, dont on trouve encore de nombreuses éditions ont été publiés tout d'abord par petits fragments, qui sont aujourd'hui introuvables.

Le Dr P. Dorveaux, dans son étude sur l'apothicaire tourangeau Thibault Lespleigney, a prouvé qu'il était le premier pharmacien français, qui ait écrit sur son art.

Dans ma notice sur Martin Grégoire, médecin de Tours, j'ai également assuré que ce médecin était le premier qui ait traduit de grec en français un texte de Galien.

Les apothicaires étaient forcés de par les règlements de savoir un peu de latin, on exigeait qu'ils soient grammairiens, c'est-à-dire qu'il leur soit possible, d'abord, de lire les ordonnances des médecins toujours écrites dans cette langue, puis de pouvoir comprendre les pharmacopées de Mesué, Nicolaus Prœpositus, Sylvius, écrites aussi en latin.

Il n'en était pas de même pour les chirurgiens, aucun de leurs statuts n'a exigé des candidats à leur art la connaissance de cette langue, les médecins d'abord s'y opposaient de tout leur pouvoir et il était grand. Les malheureux apprentis en étaient réduits aux heures de loisir, entre une barbe et une saignée, à copier les formulaires, les pauvres éléments d'anatomie, de pathologie externe, et quelquefois, si le maître était intelligent, le fruit d'une clinique personnelle, mais le plus souvent ces observations courtes se transmettaient de maître à maître, à mesure que la boutique changeait de propriétaire.

Cette habitude, ce besoin, cette nécessité même de la copie se retrouve encore presqu'à la veille de la Révolution. En voici des exemples : Notre excellent confrère et ami E.-H. Tourlet, de Chinon, possède un manuscrit qui comprend 250 pages in-4° et qui a été écrit à Tours par un compagnon chirurgien, il est daté de 1741. Il est intulé « Principes de Chirurgie ».

On trouve un peu de tout dans ce petit manuscrit, certainement il a été copié sur un autre qui probablement avait été prêté par le maître, ou peut-être par un camarade plus ancien, l'écriture y est appliquée, correcte, chaque ligne est également séparée des autres, l'ordre le plus parfait y règne, on y voit l'œuvre d'un garçon obligé de rester à la boutique, pendant les longues heures d'une journée de travail, qui s'applique à cette copie, parce qu'en même temps il s'instruit, mais ce travail de longue haleine, il a hâte de le terminer, aussi voit-on à la page 218, alors qu'il vient d'inscrire : Fin des principes de la chirurgie, un soupir de soulagement exhalé en ces termes :

Ecrit à Tours par moy Jean Potonnier, demeurant chez M. ? maître chirurgien, finis le Dix octobre mil sept-cent-quarante-un, à Trois heure du soir en Etant bien content.

JEAN, 1741.

Après la table des matières, autres soupirs, cette fois ce sont des vers :

Notre amitié peut-être aura l'air amoureux
Mais n'ayons point d'amour, il est trop dangereux.

Traité bien un amant, il cessera de l'être,
Lamour ne peut durer autant que les désirs,
Nourri par l'espérance il meurt par les plaisirs.

Nous ne saurions passer sous silence cette petite perle qu'on trouve à la page 32.

Pour gagner les grâces du malade, combien le chirurgien doit-il considérer de choses ?

Hyp- (ocrate) dit qu'il faut que le Chirurgien considère sept choses :

La première l'entré chez le malade avec modestie.

La seconde la parole douce avec science et authorité.

La troisième qu'il soit bien figuré et bien fait de sa personne et qu'il n'ait ni bassesse ni orgueille.

La quatrième qu'il soit habillé modestement.

La cinquième que sa coeffure soit régulière.

La sixième qu'il ait les ongles bien nets et bien coupés.

La septième qu'il ait de bonnes odeurs, évitant toutes celles qui sont fortes et mauvaises, mais à présent plusieurs de ces circonstances sont fort inutiles pour s'attirer la bienveillance du malade.

Nous avons en notre possession un autre manuscrit dont nous ignorons la source, mais qui porte la date (1761) et le nom de Bertrand Monbalon ; il comprend la théorie des Opérations de M. Ferré et le traité des bandages de M. Lasserre, soit un total de 298 pages in-12.

10. — C'est l'Unguentum basilicon magnum de Mesué ! Normandeau croyait sans doute éblouir par les formules latines qu'il avait déployées le bailly, le procureur du Roy et les commissaires avec l'espérance de toucher la somme qu'il demandait, 185 sols, elle fut réduite à peu près de la moitié, quatre livres.

La formule quelque peu estropiée au point de vue grammatical, aurait dû être écrite ainsi : R[ecipe] ceræ albæ, resinæ, sepi, vaccini, glutini, olibani, myrrhæ ana. Olei quantum sufficit.

11. — Ce qui semble prouver que lorsqu'un M^e chirurgien avait mis la main sur un malade, il lui donnait ses soins jusqu'à la fin ; malgré la présence de son confrère chef du service hospitalier.

12. — Focile. — On désignait ainsi au moyen-âge, d'après le bas latin, les os de l'avant-bras et de la jambe. — On appelait *grands fociles* (focilia majora) le cubitus et le tibia et *petits fociles* le radius et le péroné, c'est donc d'une fracture du cubitus qu'il s'agit.

13. — Le mot callosité n'a plus cette signification, il en a une autre aujourd'hui. Le mot cal (callus) exprime la cicatrice des os à la suite d'une fracture, dans le langage vulgaire on dit kalu.

14. — Le mot *Apostême*, inusité aujourd'hui, correspondait à toute espèce d'abcès avec plaie ouverte ou non. — Ambroise Paré lui a consacré son VIIe livre qui contient trente-quatre chapitres, le xixe comprend athérome, steatome et meliceride — il les appelle tous les trois des kyst et différencie ainsi le steatome ; *en ce que la tumeur contient une matière semblable à du suif et que quelquefois on y trouve des corps durs et*

pierreux et austres fois comme de petits os et des ongles de coq.

15. — Bourg près de Bléré (Indre-et-Loire) et non loin d'Amboise.

16. — Mosnes (Indre-et-Loire); près d'Amboise.

17. — Faubourg d'Amboise.

18. — Des environs de la ville de Lyon.

19. — Cautère.

20. — Pierre.

21. — Voici une curieuse description du petit ventre prise dans un rarissime ouvrage de Ch. Estienne D^r en med. et d'Estienne de la Rivière, chirurgien.

La dissection des parties du corps humain div. en 3 livres Paris, Simon de Colines 1546.

Depuis l'endroict du dict nombril jusques au penil povons asseoir et constituer une autre partie que les Latins appellent sumen et le vulgaire des femmes nomme le petit ventre comme aussy quelques ungs l'apellent bas ventre ou partie iliacale à cause qu'elle couvre l'intestin appelé ileon.

22. — Nous possédons, nous l'avons déjà dit, deux mémoires du M^e chirurgien Pierre Bobierre, ils forment en tout sept pages in-folio. Ils commencent à l'année 1791 et se terminent à celle de 1799. Nous remarquons qu'il n'employait pas le calendrier républicain.

Ces deux comptes se ressemblant beaucoup, nous ne publions que le premier.

Ce premier mémoire n'est pas à analyser, il parle tout seul, son auteur faisait ouvertement de la médecine et de la pharmacie.

On peut se rendre compte qu'il y avait loin de l'humble chirurgien-barbier, avec le chirurgien de l'époque révolutionnaire, qui n'avait connu que très peu, dans sa jeunesse, la promiscuité du rasoir et du peigne.

Il nous semble intéressant de retracer quelques traits de la vie de Bobierre, ainsi que de d'autres chirurgiens auxquels il se rattache. Ces études de mœurs individuelles peu connues éclaireront un jour l'histoire de cette branche de la médecine qui reste à faire.

Pierre Bobierre, était originaire de Parthenay, en Poitou, où son père, Pierre, et sa mère, Marie Ecottier, étaient marchands; il mourut à Tours en 1800, à l'âge de soixante-dix ans, il était donc né vers 1730. Comme il était d'usage à cette époque, il dut commencer son apprentissage à quatorze ou quinze ans, dans sa ville natale, et il est probable que pendant le tour de France, comme compagnon, il s'arrêta à Tours et s'y fixa. Il entra dans la boutique de Claude-Robert Corbeau, une des notabilités de la profession sans doute, puisqu'il était greffier du Lieutenant du premier chirurgien du Roy de cette ville, François-Victor Barbier. Il était si intimement lié avec son maître Corbeau, qu'il épousa une de ses parentes.

La famille des chirurgiens portant ce nom de Corbeau remonte au moins au XVIIe siècle. Le premier du nom que nous ayons rencontré au cours de nos recherches se nommait René; il s'était marié avec Yvonne Bellot; de ce mariage naquit une fille Renée. Ce René Corbeau était désigné simplement sous le nom de chirurgien, il n'avait peut-être pas pu arriver à la maîtrise, soit pour des causes financières ou pour d'autres, mais enfin il est qualifié ainsi dans l'acte dont nous allons parler et qui nous a révélé son existence. A cette époque le titre de maître, impliquait un état social dont les intéressés étaient jaloux, et cela dans tous les corps de métiers ; cela n'a rien d'étonnant, ne dit-on pas encore de nos jours un charpentier, pour désigner un ouvrier qui fait des journées; et maître charpentier pour, celui qui est patron et qui occupe des ouvriers.

D'après un acte de 1626, dont nous allons parler, il était décédé, et le 21 mars de cette même année sa fille Renée comparaissait devant le notaire Massonneau (1) pour conclure à l'amiable un arrangement avec Pierre Cuau, Me chirurgien de Tours.

_____

(1) Arch. d'Indre-et-Loire. Dépôt de Me Fontaine, notaire à Tours.

Nous regrettons de ne pouvoir reproduire ce curieux document en entier, ses dimensions ne le permettent pas, mais nous allons le résumer.

Cuau et Renée Corbeau avaient eu ensemble des relations assez intimes, pour qu'il soit né un enfant de leurs œuvres. Cuau, ne pouvait pas par le mariage reconnaître sa paternité. Renée s'adressa alors à la justice ; à la prévôté royale et obtint, le 14 février 1626, une sentence par laquelle son ingrat ami était condamné à fournir les subsides nécessaires pour élever l'enfant. D'ailleurs, pour laisser toute sa saveur à cet acte de mœurs, nous allons en reproduire cette minime partie.

« C'est assavoir que led. Cuau en exécutant icelle (sen-
« tence) et après que lui et lad. Corbeau, sont demourez d'ac-
« cord avoir faict baptiser l'enffant, dont elle estoit enceinte
« et dont certifficat auroit été informé à justice, s'est de son
« bon gré et volonté chargé et charge par ces présantes, de la
« fille dont icelle Corbeau est accouchée. Promect et s'oblige
« led. Cuau icelle norrir et eslever et entretenir d'allimens
« hardes, cousches et habitz. »

La somme à verser pour toute réparation, dépens, dommages et intérêts était de cent cinquante livres, que la sentence judiciaire avait fixée. Circonstance aggravante à l'encontre de Cuau : c'est qu'il avait épousé au moins quatre ans avant Agnès Ligeret, veuve de Mathieu Constantin, et qui était beaucoup plus vieille que lui. Cet éclat, puisque le scandale s'était produit, et surtout la forte somme à payer, avaient sans doute obligé Agnès, de se séparer de biens avec ce volage époux, car nous trouvons dans un acte du même notaire Massonneau; qu'elle *était séparée de biens de son mari* par ordonnance de justice.

Nous voilà assez embarrassé maintenant, pour fixer la descendance masculine de ce René Corbeau, si toutefois il en a eu une ; mais comme nous avons rencontré, quatre autres maîtres chirurgiens de ce nom, nous allons les indiquer dans leur ordre chronologique, nos successeurs seront peut être plus heureux que nous, qui n'avons pu les rattacher les uns aux autres.

1° René Corbeau, M⁰ chirurgien à Tours. Il avait épousé Perrine Gallou. Il était décédé au moment du mariage de leur fils Jean, M⁰ ouvrier en soye, avec Louise fille, de Jean Loyseau, M⁰ libraire, 10 mai 1655 (par. St-Saturnin).

2° René Corbeau, M⁰ chirurgien à Paris.

On lit dans l'Index funereus de Desvaux (1) :

1690. — « Renatus Corbeau, Turonensis, in herniis fas-« ciatione tractandis expertissimus. Obiit, 19 october anni « 1691. »

3° Jean Corbeau, M⁰ chirurgien à Tours, conjointement avec son confrère François-Victor Barbier, présente une requête au bureau des aumosnes de Tours pour servir les pauvres (2), 1684.

Il était marié avec Marie Briant.

Baptême de leur fille Marie, 18 mars 1687.

— de leurs fils Christophe, 2 février 1690.

— de Jeanne-Louise, 14 mars 1692.

— de Marie, 28 avril 1693.

— de Louise, 7 mai 1694.

Toutes ces naissances inscrites dans les registres de la paroisse St-Saturnin.

Il obtient de *mettre et restablir une enseigne à son logis près les Jésuittes*, 10 nov. 1687.

Il fut inhumé dans le cimetière de la même paroisse, le 31 août 1694, âgé de 38 ans, il était chirurgien de l'hostel Dieu.

4° Claude-Robert Corbeau, M⁰ chirurgien, celui qui nous intéresse le plus en ce moment, à cause de ses relations intimes avec Bobierre.

De qui était-il fils ? Nous n'en savons rien ! très probablement de Jean le précédent ; nous n'avons pas trouvé son acte de baptême, mais il peut se faire qu'il soit né à la campagne dans une paroisse voisine.

Ce qui semble donner une quasi-certitude à notre opinion

---

(1) Remarq. crit. et hist. sur... etc., etc., la chirurgie en France. Paris, C. Osmont, MDCCXLIV, p. 575.

(2) *Ann. méd. chir. du Centre.* Tours 1904, 13 mars, p. 137.

c'est qu'il a vécu jusqu'à sa mort avec une sœur nommée Louise, précisément la dernière née de Jean Corbeau et qui lui survécut un certain nombre d'années, au moins huit ans.

Il fut reçu maître le 5 juin 1719, et lorsque fut rétablie à Tours (1724) la lieutenance du premier chirurgien du Roy, qui échut à François-Victor Barbier, il fut nommé son greffier. Ces deux fonctionnaires eurent à subir des luttes intestines, qui heureusement pour nous ont été enregistrées chez les notaires de Tours; nous les raconterons quelque jour.

Il ne paraît pas qu'il se soit marié, du moins nous n'en avons pas trouvé de preuves. Il mourut le 30 octobre 1766, à l'âge de 78 ans (par. St Saturnin).

Revenons maintenant à Pierre Bobierre, que nous avons quelque peu délaissé. Entré chez son maître il s'y plut sans aucun doute et il y prépara les redoutables examens. Corbeau, qui voyait en lui un successeur, fort de sa situation personnelle dans la communauté, lui servit de conducteur (1).

Il fut reçu le 18 avril 1757 et sa maîtrise lui coûta mille livres.

Claude-Robert Corbeau était d'un âge avancé, il n'avait plus la dextérité nécessaire pour faire les saignées, nombreuses à cette époque et les pansements. Pour s'attacher son compagnon, son élève, il le maria avec une parente Marguerite Bault et le garda avec lui comme associé de sa boutique, située rue Neuve-St-Louis, paroisse de St-Hilaire.

De cette union naquirent plusieurs enfants dont nous avons

---

(1) Un candidat ne pouvait se présenter seul pour ses examens, il devait être accompagné d'un maître, qui l'assistait dans toutes ses épreuves; ce maître, pour cet office, prenait le nom de conducteur, c'était d'ailleurs ainsi dans toutes les communautés. Dans les facultés de médecine, celui qui présentait le candidat était désigné sous le nom de paranymphe. Figure symbolique du mariage des Grecs. On nommait ainsi celui qui conduisait les jeunes époux. L'étudiant qui allait recevoir la licence était censé contracter mariage avec la faculté.

relevé les actes de baptême, dans les registres de la même
paroisse.

Pierre	1758
Stanislas	1759
Alexandre Tranquillin	1760
Elizabeth Alexandrine	1767
Michel	1773

Nous avons dit que le vieux maître et sa sœur Louise vi-
vaient avec le jeune ménage. Ils ne possédaient que la maison qui les abritait tous, ils résolurent alors, d'un commun
accord, d'instituer une rente viagère fournie par Bobierre
et sa femme.

L'acte fut passé par le notaire Gaudin, le 27 juillet 1759,
deux ans après la maîtrise du jeune chirurgien, Corbeau
avait alors 71 ans.

Toujours au point de vue de mœurs disparues et d'ailleurs
des sentiments d'affection et de saine probité qui sont exposés
dans cet intéressant document, nous allons en reproduire quelques lignes, qui en diront plus long qu'aucun commentaire.

« Sur ce que le dit sieur Corbeau, a représanté audit sieur
« Baubierre que son âge l'empesche de pouvoir continuer a
« travailler de son estat, qu'il y a déjà du temps qu'il fait
« très peu de chose et considérant quil n'ont aucuns reve-
« nus et point d'autres biens, que la maison ou lesd. parties
« font leur demeure, quil ne vit et sa ditte sœur que du tra-
« vail dudit sieur Baubierre; et comme c'est une grosse
« charge pour luy qui empescheroit de rien épargner s'il
« continuoit. Pourquoi lesdits sieur et damoiselle Corbeau
« entendent faire un arrangement avec eux de fasson quils
« soient moins lésé; les dits sieur Baubierre et son épouze, ont
« représanté auxdits sieur et damoiselle Corbeau quils étaient
« remplis de bonne volonté et de reconnoissance pour eux,
« mais quils étoient peu avancés et que la famille leur ve-
« noit, qu'ils avoient déjà deux enfans à raison de quoy, ils
« devoient en conscience mettre quelque chose en épargne
« pour les ellever et établir ; que s'ils étoient seuls héritiers
« des sieur et damoiselle Corbeau, il seroit juste de les faire

« vivre le reste de leurs jours dans lespérance que le peu
« quils ont leur reviendroit en entier, pourquoy lesdits
« sieur et damoiselle Corbeau entrant dans ses considérations
« et par une pure justice ont offert, de leur donner à rente
« viagère sous les conditions à eux présentement déclarées
« verbalement et cy après énoncées, la maison ou ils
« demeurent..... etc. »

La rente était de sept cents livres.

Nous regrettons de ne pouvoir continuer à reproduire
cette intéressante pièce, mais elle est beaucoup trop longue,
elle renferme cependant d'utiles indications sur la disposition des appartements, sur le moyen d'acquisition de la maison qui avait été fait également par une rente viagère, mais
seulement de deux cents livres, et enfin d'un inventaire de
tous les meubles et objets contenus.

Corbeau mourut six ans après, il avait pendant quelque
temps conservé le Greffe de la Communauté, qui lui rappor-
tait quelques sols, puis il s'en était démis au profit de
Bobierre, nous ne savons exactement à quelle époque, mais
en 1764, sur un tableau des Mes Chirurgiens de Tours que
nous possédons, il y figure comme greffier, alors que Corbeau occupait le deuxième rang d'ancienneté.

Pierre Bobierre, était arrivé à la Maîtrise de Chirurgie à
l'heure où elle subissait une transformation complète.
Louis XV venait de donner des Lettres patentes enregistrées
au Conseil du Roy (1756) et pour tout son royaume; qui por-
taient expressément « que les maîtres en l'art et science de
« Chirurgie qui exerceront purement et simplement leur
« profession jouiront en qualité de notables bourgeois, des
« villes et lieux de leur résidence, des honneurs, distinctions
« et privilèges dont jouissent les notables bourgeois. »

C'était la désunion non forcée, mais facultative, de la barberie et de la chirurgie. Corbeau et Bobierre voulurent vivre
bourgeoisement, car dans l'inventaire dont nous venons de
parler, il n'est question que de médicaments et livres de chi-
rugie.

Au point de vue professionnel, Bobierre mérite d'être distingué. En 1759, deux ans après sa réception, il est admis à l'Hôtel-Dieu comme chirurgien, conjointement avec Brossillon et Deslandes ; il y exerça pendant deux ans. A cette époque il y eut des troubles graves parmi le personnel chirurgical de cet établissement. Le bureau nomma le M^c chirurgien Davy, qui assuma seul la responsabilité du service ; il mourut en décembre 1777 et Bobierre le remplaça en 1778.

Le Collège royal de Chirurgie fut établi en 1766, par Lettres patentes du Roy ; le 2 septembre de l'année suivante il fut procédé à la nomination des professeurs : Bobierre fut désigné pour les accouchements.

Peu de temps après, le souffle révolutionnaire, qui anéantissait toutes les institutions de l'ancien régime, fit disparaître cette utile Ecole, comme disparurent, une à une, les Facultés de Médecine.

Il n'est pas vrai de dire que la Convention abolit ces établissements médicaux. De la Constituante à la Convention ils se désagrégèrent d'eux-mêmes peu à peu ; cette dernière n'eut presque, qu'à prendre acte de leur disparition.

L'anarchie régna alors en souveraine dans les professions médicales ; les charlatans de tout poil eurent beau jeu, mais le gouvernement consulaire pourvut rapidement à ces abus ; le 19 ventôse an XI fut promulguée la loi sur l'exercice de la médecine. En ce qui concerne les chirurgiens reçus par la communauté et agrégés au Collège de chirurgie de Tours, ils furent assimilés aux docteurs en chirurgie que la loi venait de créer. En 1818 il en restait trois, Dufour, Deslandes et Mignot ; ce dernier était l'un des chirurgiens de l'hospice général nouvellement créé.

Pierre Bobierre, qui habitait rue Neuve St-Louis, paroisse de St-Hilaire, mourut dans celle de l'Armée-du-Nord, le 20 messidor an IX, âgé d'environ 70 ans.

PIÈCES JUSTIFICATIVES

Mémoire de Nicolas Normandeau

1560

A Monsr le Bailly dAmboise

Monsr

Nicolas Normandeau, cirurgien et lieutenant du premier barbier du Roy (1) en ceste ville faulxbourgs et baronnie d'Amboise, Vous remonstre qu'il y a ung soldat en ceste ville d'Amboise nomé Lacroix grandement navré de quatre playes en son corps, que led. Normandeau a pensées et medicamentées a ses despens et fourni de drogues et matieres des depuys quinze jours en cza sans qu'aulcun luy ait fourni deniers, ce qu'il ne peult continuer par ceque led. Lacroix soldat n'a argent ne moyen d'en faire, cause que la cure des playes ne pourra se parfaire au grand dommage dud. soldat, qui autrement seroit en voye de disposition. Ce consideré, Monsieur, vous plaise ordonner que les commissaires establys au régime et gouvernement des biens de l'hospital et maison Dieu dud. Amboise, ou le fermier (2) dud. hospital, bailleront et fourniront aud. Normandeau la somme de deux escus par provision, pour employer a achapter les drogues et medicamens necessaires ausd. playes et qu e lad. somme luy soit allouée en deduction de la ferme, ou aultrement faire en ceste matière telle provision que la charité et debvoir christien le requiere, aultrement led. Normandeau declare qu'il delaissera led. soldat, sans plus luy administrer aulcuns medicamens (3).

Et vous ferez bien.

Soit communiquées au procureur du Roy pour en ordonner comme de raison.

A Amboise, le XIIe jour de janvier 1560.

[Signé] FROMONT.

Le procureur du Roy, auquel la présente requeste a esté communiquée et deuement informé du faict, consent qu'il soit delivré aud. Normandeau par les commissaires ou fermicr des biens de lad. maison Dieu la somme de soixante solz tourn. Laquelle somme led. procureur consent estre allouée au compte desd. biens. Faict le XIIIᵉ jour de janvier mil cinq cens soixante. [Signé] MANGRANT, Proc. du Roy.

Veu la requeste et consantement du procureur du Roy, avons ordonné que lad. somme de soixante sols tournois sera baillée aud. Normandeau suppliant par lesd. sieurs commissaires ou fermier de lad. maison Dieu. Laquelle somme leur sera allouée en rapportant ces presentes avec quictance dud. Normandeau.

Faict par nous, bailly d'Amboise, soubzsigné le XIIIIᵉ janvier l'an mil Vᵉ soixante. [Signé] FROMONT.

Je Nicolas Normandeau, cy dessus nommé, confesse avoir receu comptant de Martin du Ruau et Adan Marchant, commissaires susd., la somme de soixante sols ts., suyvant la sentence cy dessus donnée par Monsʳ le bailly d'Amboise, de laquelle somme de soixante sols t. je tiens quitte lesd. commissaires et tous aultres. Faict le XVᵉ janvier l'an mil cinq cens soixante. [Signé] N. NORMANDEAU.

Mémoire de Cosme Normandeau

1562

S'ensuyvent les frais et mises que Cosme Normandeau, cirurgien et barbier en ceste ville d'Amboise, a faict pour avoir pensé et medicamenté ung nommé Gabriel Henriet de sept grandes playes, que led. Henriet avoit sur plusieurs partyes de son corps et ce suyvant la requeste presantée par led. Normandeau à Monsieur le bailly dud. Amboise.

Et premièrement :

Pour avoir faict les premiers apparez (4) desd. sept playes en la maison et domicille dud. Normandeau et fourny de toutes choses necessaires comme linge, defensis (5), estouppes, bandes et restrainctifz (6) pour restraindre le sang desd. playes et pour reconforter les partyes, qui estoient altérées de l'aer, en apartient estre payer la somme de ung escu sol, cy L s. t.

Item, pour avoir usé par quatre jours de digestis (7), auquel est entré grande quantité d'huille terebentine, avec autres simples et ingrediens, apartient la somme de trente sols, cy   XXX s.

Item, pour avoir usé de abstersis (8) pour asterger lesd. playes, et en avoir usé par le temps et espace de huict jours, dont la recepte est cy inserée et le contenu d'icelle, dont apartient quarante sols, cy   XL s.

(9) R. melis rosoti oncia quatuor; turbentine clari oncia sex; succi apii, succi plantaginis, ana onciam unam; farinæ ordei et fabarum, ana onciam unam; croci drach. j; sarcacole drach. iij; mirhe optime drach. ij et semis : misce (?) et fiat ungentum.

Item, pour avoir usé d'un unguent a mectre sur les emplastres, pour cesser les douleurs, par le temps et espace de dix jours, dont l'ordonnance est cy après inserée, et dont apartient trente sols, cy   XXX s.

(10) R. cere albe, resine scitice pini, sepi, vaccini, picis silicet navalis, glutinis, olibani, mirhe, ana drach. j; olei quantum sufficit, fiat unguentum.

Item pour avoir vacqué par l'espace de quinze jours pour visiter, pencer et medicamenter led. Henriet et aller jusques a la maison de l'hostel Dieu (11) dud. Amboise durant led. temps, a raison de cinq sols par jour, cy   LXXV s. t.

                              [Signé] C. NORMANDEAU.

Veu les parties cy dessus, avons en presence des procureur et avocat du Roy, maire et eschevins de la ville d'Amboise et comme administrateurs de l'hostel Dieu d'Amboise taxé audit Normandeau la somme de quatre livres ts pour les mises cy dessus et icelle somme paier par lesd. administrateurs.

Faict le quatriesme de septembre M Vᶜ soixante et deux.

                                        [Signé] FROMONT.

Mémoire de Pierre Ruau

1588

A Messieurs

Messieurs les maire et eschevins de la ville d'Amboise. Pierre Ruau, Mᵉ barbier et chirurgien audit lieu, dict que le vingt et ungᵉ jour de janvier mil cinq cens quatre vingtz sept vous lui avez commandé d'aller à l'hostel Dieu de ceste ville veoir, visiter, penser et medicamenter une pauvre femme, qui avoit le gros faucille (12) du bras senestre fracturé et rumpu net comme ung ressort, ce qu'il auroit faict et la auroit pensée medicamentée et fourny de medicamens jusques a callosité (13) et guarison de lad. fracture.

Partant, s'il vous plaist, luy payerez, tant pour ces medicamens, que pour ces sallaires et vacations, la somme de ung escu, pour ce   I esc. sol.

Et que le vingt six^{eme} jour dud. moys luy avez commandé de rechef d'aller aud. hostel Dieu veoir, visiter, penser et medicamenter une pauvre fille estant au lict grandement malade d'une gangrene et mortification qu'elle avoit au pied dextre et la auroit pensée et medicamentée de sond. estat de chirurgie et fourny de medicamentz jusques au sabmedy dernier jour de feubvrier aud. an 1587.

Partant, s'il vous plaist, luy payerez la somme de troys escus, pour ce   III esc. sol.

Plus le quinziesme jour dud. moys de janvier luy avez commandé d'aller aud. hostel Dieu penser et medicamenter ung paouvre garson de la rue St François d'une vieille aposteme (14) qu'il avoit à la jambe dextre rendant grande quantité de matière, nommée lad. aposteme *steatoma* et luy auroit faict plusieurs insizions pour venir à la curation d'icelle si possible eust esté.

Partant, s'il vous plaist, luy paierez la somme de deux escuz et demy, pour ce   II esc et d

Plus luy avez commandé d'aller aud. hostel Dieu veoir et visiter ung paouvre homme de la Croix de Bleré (15) gisant au lict grandement malade de deux pleuresies, qu'il avoit au deux costez, tellement qu'il l'auroit seigné des deux bracs et visité par plusieurs foys.

Partant, s'il vous plaist, luy paiererez la somme de quinze sols, pour ce   XV s.

Plus luy debvez la somme de ung escu pour le reste du payement d'avoir pensé et medicamenté une pauvre fille de *Monsnes* (16), qui avoit une grande playe à la jambe dextre et l'os de la cuisse rumpu, qui estoit advenu par l'accident d'une charette qui auroit passé par dessus elle au carroy de ceste d. ville d'Amboise.

Veu le contenu des parties cy dessus, et consideré par nous les sallaires et vaccations dud. Ruau, ensemble les medicaments qu'il peult avoir fourniz durant le temps susd. avons arresté lesd. parties et icelles liquidées à la somme de trois escus soleil ung tiers, laquelle nous mandons et ordonnons à Jehan Matignon, commissaire des biens et revenus de l'aulmonsne dud. Amboise, payer, bailler et délivrer comptant aud. Ruau, pour les causes cy dessus et en rapportant ces presentes et quitance dud. Ruau vous sera lad. somme de trois escus ung tiers passée et allouée en vostre compte et partout ailleurs ou il apartiendra.

Faict le XXVIIIe jour de janvier mil V^c IIII^{xx} et huict.

[Signé] MORIN — LEFRANC — DAU.

Et le XIIe jour de febvrier oud. a.¹, ledict Ruau cy dessus nommé a confessé avoir eu et receu comptant dudict Matignon, commissaire susd., lad. somme de trois escuz soleil et ung tiers pour les causes que dessus. Dont cy quittance. Fait en la maison de nous, notaire royal dud. Amboise, es présence de Jean Charles, clerc dud. Amboise, et Thomas de la Rue, Me Savetier, tesm., lequel de la Rue a dict ne savoir signer.   [Signé] DU RUAU — CHARLES — CHARLES.

Memoire de Phelipes Giraudy

1628

Parties pour l'ausmone de ceste ville d'Amb[oise] deue a Phelipes Giraudy M^e chirurgien de ceste ville.

En l'année 1628.

Premierement pour avoir panssé Vohardy couvreur, d'une plaie a un pied qui luy est survenue d'une cheute de chevron, lespace de quinze jours par les commandements de Monsieur le Maire pour

XXX^s mes salaires   2^L

plus du 6 Janvier pour avoir panssé une pauvre fille de Pierre Hart (17) servante de Monsr Jouslin

d'un ulcere à la jambe l'espace de douze jours par
le commandement de Monsieur du Verger pour
XX^s mes salaires et vacations   1^L 12^s

plus du 25e Janvier pour avoir panssé un pauvre
home qui estoit devers Lion (18) qui luy estoit survenu
à raison du froid, des ulcères gangreneux
aux deux pieds, l'espace de dix jours par le commandement
de Monsr de Lobinière pour mes salaires
XXX^s laires   2^L

plus du 17e febvrier pour avoir seigné un pauvre
garcon ataint d'une fièvre continue, qui disoit estre
d'autour Paris par le commandement de M. du Vergier
IIII^s gier   4^s

plus du 29e dud. mois pour avoir pansé un
pauvre garcon qui avoit un ulcere sur l'os ischion
par le commandement de M. du Vergier l'espace
XX^s de quinze jours pour mes salaires.   1^L 12

plus du 3e apvril pour avoir seigné une petite
fille de l'ausmone qui estoit detenue de fièvre
IIII^s continue   4^s

plus du 20e may j'ay seigné la servante de l'ausmone
à cause d'une fiebvre continue pour mes
IIII^s salaires   4^s

plus du 26e dudit mois pour avoir apliqué un
coetere (19) au bras à la Buronne, demeurant près
les Cordeliers, l'avoir seignée et ventousée par le
commandement de Monsr le Maire pour mes salaires
XXXII^s laires   2^L

plus du 27e may pour avoir panssé le fils de
Galbrun d'une playe avec contusion dilaceration
des muscles, fractures d'os qui luy est survenu
d'avoir mis la main entre deux bateaux, qui a causé
de plusieurs accidentz, grans douleurs grandes inflamations
et avoir fourny des medicaments convenables
VI^L nables lespace de six sepmaines   8^L

plus du premier Juillet pour avoir panssé le fils
d'un faiseur de paniers, d'entre les pontz d'une

pierre, qu'on lui avoit tirée l'espace de six jours

XV^s par le commandement de Monsr le Maire XV^s

plus du 3e Juillet pour avoir seigné un pauvre, qui estoit en un logis d'un nommé Paris, rue des Cordeliers par le commandement de Monsr le

IIII^s Maire 4^s

plus dudit jour pour avoir panssé une pauvre fille, en pierrehart, a qui lon a tiré la poierre (20) lespace d'un mois, par le commandement de Monsr

III^L le Maire 3^L

plus pour avoir seigné un petit garcon, de laus-

IIII^s monne qui avoit une fièvre continue 4^s

plus pour avoir seigné la servante de l'aus-

IIII^s mone 4^s

plus pour avoir panssé Macereau, demeurant près les Cordelliers de plusieurs ulcères gangreneux qui luy occupe presque toute la fesse a partir de la cuisse, a deux diverses fois lespace de 2 mois en

VI^L plus par le commandement de Monsr le Maire 6^L

plus pour avoir pansé une fille de l'aumosne d'une playe longue de quatre doigts, et large d'un pouce au petit ventre (21) l'espace de trois sep-

III^L maines 3^L

Le tout 31^L 4^s

Nous avons arresté les parties cy dessus à la somme de vingt six livres douze sols; mandons à Mr Jean du Parquet payer lad. somme aud. s^r Giraudy chirurgien dud. hostel dieu et tirer quictance de lad. somme de XXVI^L XII^s pour luy estre allouée en ses contes. Faict à Amboise ce XXIII Decembre mil six cens vingt huict.

[Signé] Rocherot — Revelloye — Saicher — Henry Bobrun.

Le soubsigné confesse avoir receu de Monsieur du Parquet aministrateur de laumone, la somme de vingt six livres douze sols, qui ma presentement payé par le mandement ci dessus. Dont je tiens quitte ledict aministrateur et tous autres. Faict le dixiesme Janvier mil six cens huit. [Signé] Giraudy.

Mémoire de Pierre Bobierre (22)

1791-1795

MÉMOIRE POUR LE CITOYEN LE BLANC

			L	S
1791 Nov.	le 26 purgé M^d	3		0
1792 May.	le 4 une visite pour mal de gorge à M^r	1		
	le 5 Deux visites	2		
	le 9 une visite	1		
	le 10 fourni un looch	2	10	
	et une demi once dragé vermifuge	1	10	
	le 16 une visite	1		
	le 17 une visite	1		
	le 18 deux visites	2		
	le 19 une visite	1		
	le 20 une visite	1		
	le 21 purgé	3		
Nov.	le 5 une visite pour mad. sa mère pour erisipel à la joue	1		
	le 16 fourni deux prises poudre purgative pour l'enfant	2		
	le 20 fourni deux prises poudre idem	2		
	et une visite	1		
	le 23 fourni huit pastilles	2		
	le 26 une visite	1		
	le 27 une visite	1		
	le 28 une visite	1		
	et fourni huit pastilles	2		
	le 29 une visite	1		
Déc.	le 6 une visite pour le petit	1		
1793 Fev.	le 23 une visite pour M^d	1		
	le 26 saigné la domestique	2		
	le 28 une visite pour M^d	1		
		40		0
Mars.	le 1er un looch	2		
	le 2 une visite	1		
	le 3 une visite	1		
	le 4 une visite	1		
	le 5 une visite	1		

	le 6 une visite	1		
	le 12 une visite pour M^d	1		
	le 13 une visite	1		
	le 14 deux visites pour M^d	2		
	le 16 deux visites	2		
	et fourni un looch	4		
	le 17 une visite	1		
May.	le 30 une visite	1		
	le 31 deux visites pour son fils	2		
Juin.	le 1er une visite p^r les enfants	1		
	le 2 deux visites pour lesdits	2		
	le 3 une visite	1		
	le 25 une visite pour M^d	1		
	le 26 une visite p^r ebulition	1		
Nov.	le 7 fourni un bandage double p^r le			
	petit	15		
1794 J^{er}	le 17 deux visites pour M^r	3		
	le 18 deux visites	3		
	le 20 deux visites	3		
	le 21 deux visites	3		
	le 23 deux visites	3		
	le 24 une visite le matin	1	10	s
	le soir appliqué les emplastres			
	vesicatoires aux jambes	4		
	le 23 une visite le matin	1	10	
	le soir levé les emplastres	2		
		99 ^{L}	00	
	le 26 pansé les jembes	2		
	le 27 deux visites	3		
	et pansé idem			
	le 28 deux visites	3		
	le 29 deux visites	3		
	le 30 pansé	2		
	le 31 une visite	1	10	
Fevr.	le 1er pansé le matin	2		
	le soir une visite	1	10	
	le 2 pansé	2		
	le 3 pansé le matin	2		
	le soir une visite	1	10	
	le 4 pansé le matin	2		

le soir une visite	1	10
le 5 pansé idem	2	
le 6 deux visites	3	
le 7 deux visites	3	
et fourni un cornet de racine anti vermifuge	2	
dudit jour fourni une chopine vinaigre des quatre voleurs	8	
le 10 une visite le 13 une visite	3	
le 15 une visite le 16 une visite	3	
le 17 une visite et pansé	2	
le 20 pansé	2	
le 22 une visite le 23 une visite et pansé	3	
le 23 une visite et pansé le 26 pansé	3	10
le 27 pansé le 28 pansé	4	
	164 ᴸ	10

Mars.	le 1er pansé le 4 une visite	3	10
	le 7 une visite	1	10
	le 18 une visite	1	10
	le 28 une visite pour Mᵈ chez Mᵉ Goulland	1	10
Avril.	le 25 une visite pour son fils	1	10
Aoust.	le 26 donné une prise d'hipepacuana a lamie	1	
	le 30 saigné laditte	2	
	le 31 saigné idem	2	
Sept.	le 1er une visite.	1	10
	Total	181	00

Recu le contenu pour solde à Tours
le 6 May 1795

[Signé] BOBIERRE.

TOURS.—IMP. P. SALMON, 10, R. GAMBETTA.

50 EXEMPLAIRES SUR PAPIER RAISIN 15 KILOS
10 EXEMPLAIRES SUR PAPIER DE HOLLANDE